KB143409

수채화 연습

초판 발행 2019년 12월 26일
지은이 창시문학회

펴낸이 안창현 **펴낸곳** 코드미디어
북 디자인 Micky Ahn
교정 교열 오재령
등록 2001년 3월 7일
등록번호 제 25100-2001-5호
주소 서울시 은평구 갈현로 318-1 1F
전화 02-6326-1402 **팩스** 02-388-1302
전자우편 codmedia@codmedia.com

ISBN 979-11-89690-26-7 03810

정가 10,000원

이 책의 판권은 지은이와 코드미디어에 있습니다.
잘못 만들어진 책은 교환해드립니다.

창시문학 스물두 번째 작품집

수채화
연습

창시문학회 지음

창시 문우님

오늘도 어제 같은 하루를 보냅니다.

그런 날들이 모여서 일 년이라는 시간이 흘렀습니다.

해마다 이맘때쯤 동인지를 출판하면서

한 해를 마무리 하는 창시가 이십삼 년 청년이 되었습니다.

그 세월 동안 많은 선배님들과 지금 함계하는 소중한

창시 문우님들과 언제나 변함없이 열정으로 지도 편달해 주시는

지연희 선생님께 감사함을 거듭 전하고 싶습니다.

또 새로운 한 해를 앞두고 더욱더 발전하는 창시를 기대해 봅니다.

여러분!

항상 건강하시고 행복하시길 기도합니다.

감사합니다.

창시문학회 회장 윤복선

한 편의 융숭한 시 창작의 결실을 위해

지연희(시인)

2019년 한 해의 끝에 서 있다. 매년 이즈음이면 지난 삶의 흔적을 돌아보고 나름의 삶을 점검하는 반성의 시간을 갖게 된다. 더불어 문학인들은 한 해의 문학적 성과에 대하여 자성하는 시간이기도 하다. 창시문학 동인지 제22집 출간을 준비하고 있다. 2019년의 결실을 모아 함께 풍요를 확인하는 준비이다. 창시문학은 22년이라는 동인지 역사의 내력만으로도 얼마나 대견한 일인지 모른다. 꾸준하게 몸담아준 회원들의 배려가 오늘의 역사를 이루어 주었다. 문학이라는 같은 길을 동행하면서 보살펴준 회원들에게 깊은 감사를 드린다.

'창시문학회'는 創作시 문학회를 의미한다. 예술 작품을 독창적으로 짓거나 표현한다는 뜻이다. 성남시 분당구의 문학역사에 면면히 족적을 남겨준 창시인의 빛나는 시문학의 아름다움은 지역문학을 넘어 한국문단의 크고 작은 성장의 동력이었다. 눈보라 비바람 마다 않고 꿋꿋이 강의실을 지켜주어 감사하지 않을 수 없다. '한 송이 국화꽃을 피우기 위하여 봄부터 서쪽 새는 그렇게 울고, 한 송이 국화

꽃을 피우기 위해 천둥을 먹구름 속에서 또 그렇게 울었다'는 서정주의 시 「국화 옆에서」를 생각하지 않을 수 없다. 한 편의 융숭한 시 창작의 결실을 위해 고뇌의 밤을 밝히었을 회원들을 생각한다.

　먼 훗날 새롭게 조명되어 동인문학의 중요한 가치로 남을 22권의 동인지는 유구한 생명의 연속처럼 길이길이 뻗어나갔으면 하는 바람이다. 생명은 작은 밀알 하나로 시작하여 온 들판을 푸르게 밝히는 뿌리의 힘을 지녔다. 한 편의 시가 누군가의 아픔을 치유하는 마음 가난한 이의 생명으로 거듭날 수 있기를 바라본다. 세상에 없는 창조적 언어 하나는 어떤 의미를 대신하는 기쁨이며 행복이다. 창의적 사고의 시어 하나는 과학자의 새로운 발명품과도 같다. 2020년대로 넘어가는 이 시점에서 새해를 창시문학 회원들 모두 맞으며 더 빛나는 문운으로 가득하기를 기대한다.

Contents

박하영

장의순

Contents

김용구   김문한

Contents

김광석

박하영

곧 얼음이 얼고 눈보라 치면

누가 부르지 않아도 가야만 하리

부귀영화 모두 내려놓고

빈손이 되어

다시 올 수 없는 그곳으로

P R O F I L E

『창조문학』시 부문 신인상,『현대수필』신인상 수상. 창시문학회장 역임. 문파문학회장 역임. 현대수필, 분당수필
회원. 수상: 창시문학상. 저서:『바람의 말』『직박구리 연주회』.

수채화 연습

해 질 녘 노을을 머릿속에 그리며
고운 물감 섞어 쓰윽쓰윽 문지르면
영혼의 고향 같은 노을빛이 나올까

하늘색에 남색 덧칠해 바르다 보면
풍덩 빠지고 싶은
코발트빛 동해바다 물색이 나올까

보랏빛 아스라이 끌어와
라일락 꽃잎 그리다 보면
그리움 가득 묻어나는 연보랏빛이 나올까

덧없이 물감 섞어 찍다 보면
명화 같은 작품 하나
건져 올릴 것만 같아
수채화 연습에 푹 빠진다

너

네가 머물렀던 시간은
겨울 막바지 햇살보다 짧고
네가 해준 몇 마디는
평생토록 귓가에 머무는
긴 울림이었다
네 얼굴 떠올리면
먼 옛날 흑백사진 같고
네 사연 회상하면
한 권의 슬픈 소설 같느니
넌 어느 시대를 떠돌던 방랑객이었을까
지금은 어느 하늘 아래 배낭 메고
먼 길 가고 있을까
아무리 눈 감아도 떠오르는 넌
오늘 밤 꿈속에 혹 만날 수 있을지…

사과 따기 체험

사과만 먹고 살라면
그래도 좋을 만큼 사과가 좋은 사람들
햇사과 향기 물씬 풍기는 사과밭으로
체험을 떠나는 날
하늘은 높고 바람은 산들산들
단풍 든 산들은 어서 오라 붉은 손짓하고
사과밭엔 사과 따러 온 사람들 와자지껄
한 상자씩 따 담는 체험이 시작되다
제일 크고 잘 익은 사과 따 담겠다고
고르는 눈길과 손길 바쁘다
과수원 주인은 얼마나 애지중지
사과밭을 가꾸었을까
주렁주렁 가지 찢어지게 열린 걸 보면
땀 흘린 고생이 고스란히 숨어 있다
한 개 따서 쓱쓱 문질러 한 입 깨물어 보니
상큼한 육즙이 입안 가득
한 아름 사과 상자를 안고 집으로 돌아오는 길
풋풋한 사과 향에 젖어 가슴이 뿌듯해지는
사과 따기 체험은
올가을이 준 최고의 선물

다시 올 수 없는 그곳

낙엽이 진다
나풀나풀 춤을 추는가 싶더니
이내 땅 위에 엎드린다
잘못이 많은지 일어날 기세가 없다

오색 단풍으로 단장하며
마지막을 화려하게 장식하더니
끝내 감당하지 못하고 추락한다

비 오듯 쏟아지는 낙엽 속에
숨죽여 통곡하는 소리 들리는 듯
가슴이 저리고 아프다

텅 빈 가지에 시린 바람이 불면
해체되고 마는 낙엽의 운명
단풍의 아름다움은 잠시뿐
덧없이 지고 마는 것을

곧 얼음이 얼고 눈보라 치면
누가 부르지 않아도 가야만 하리
부귀영화 모두 내려놓고

빈손이 되어
다시 올 수 없는 그곳으로

사랑받기 위해 태어난 사람

굽이굽이 흘러온 강산
산천이 바뀌어도 일곱 번은 바뀌었을
길다면 긴 세월
그 강과 산을 넘어 이곳까지 오느라
머리는 갈대꽃 피고 얼굴은 주름투성이
일흔 고개에 서니 난 혼자 온 게 아니더라
곁에 늘 나를 지켜 준 남편이 있고
늘 나를 버티게 해준 두 딸이
나를 떠받치고 있더구나
혼자였다면 쓰러져도 열두 번은 쓰러졌을 세월
이렇게 버티고 있으니
가족이 있다는 것 든든한 아방궁 같더구나
그날 필경재에서 사진사를 불러 사진을 찍고
손녀의 바이올린 연주와 사위의 기타 반주로
온 가족이 부르던 사랑받기 위해 태어난 사람
그때야 난 내가 왜 태어났나 알게 됐지
그래 난 사랑받기 위해 태어났다고
나의 소중함을 느끼는 순간
일흔에야 알았다
이 엄만 사랑받기 위해 태어났고
받은 사랑을 더 많이 나눠주기 위해
더 오래 살아야 한다는 걸

스쳐 가는 고향

기차는 초록 들판을 달립니다
남쪽으로 달리면 달릴수록 가까워지는 고향
학다리 서당뫼 언덕길이 보입니다
들판에 시냇물 흐르는 소리 들리는 듯
날 손짓하며 부르는 뒷동산 푸른 나무들
어찌 그리 잊고 타향에 살았는지
이제야 생각나는 그리운 친구들
지금은 어디서 무얼 하는지
기차는 내 맘을 모르는 척
고향 역을 쉬지 않고 지나칩니다
기차는 목적지를 향해 매정하게 달리지만
날 낳아주신 부모님이 잠드신 그곳
고향 땅 고향 냄새 맡고 가니
영산강 끼고 도는 초록 들판 달리며
눈시울만 뜨거워집니다

아름다운 마지막

푸르던 산 가을 오니
오색 단장하고 있다
한여름 땡볕에도 푸른 기를 발산하더니
이제 찬바람에 따뜻한 단풍 옷 갈아입고
마지막을 아름답게 장식하고 있다

우리 인생도 막바지에 접어들었다
가장 아름다운 옷을 지어 입고
가장 멋진 공연을 하는 배우여야 한다는 걸
단풍 나무에게 배운다

여름날의 푸른 기는 꺾였지만
느긋하고 여유롭게 인생을 관조하며
질 때 지더라도 오늘은
아름답게 빛을 내야 한다는 걸

곧 겨울이 눈보라를 몰고와
하얗게 덮어버린다 해도
지금은 자연 앞에 다소곳이
아름다운 최후를 준비해야 할 때

여수 밤바다

늘 꿈꾸던 여수 밤바다
케이블카를 타고 밤바다 위에
둥실 떠오르면
바닷길 따라 늘어선 휘황한 불빛
하늘에서 내려다보니
꿈의 도시에 내가 떠 있다

하나둘 혼령처럼 피어나는 저 불빛
저 하늘 별들이 꿈을 빠트린 흔적들
별똥별 되어 내가 떨어지면
나도 저 불빛 중에 하나
반짝이는 꿈이 되겠지

그 숱한 사연 끌어안고
출렁이는 여수 밤바다
내 어렸을 적 꿈도 되살아나
빛을 드러내는
아름다운 여수 밤바다

흔적 지우기

걷다 보면 남겨지는 발자국
시간이 지나면 지워지지만
살다 보면 여기저기 남겨지는
삶의 흔적 지울 길 없다
흔적 없이 살다 가려 했는데
삶의 비탈길에 새겨진 흔적
세월이 고맙게 덮어주고 있다
아주 눈을 감는 날
내 존재의 흔적까지 묘지에 묻히면
사람들의 기억 속에서도 서서히 잊혀지겠지
흔적을 남기기보단 흔적을 지우기 위해
힘들게 사는 건 아닌지

장의순

'나 홀로 머리를 숙이고서 가노니' 고개를 까닥까닥한다.

11월이 끝나는 날에 | 내 손녀 이루다의 첫돌을 맞으며 | 만추의 오후 3시
어머니 | 스타벅스와 사이렌 | 청어구이 | 취기 | 회억 | 행복한 오후

P R O F I L E

『문학시대』 시 부문 신인상으로 등단. 한국문인협회 회원, 용인문협회원, 시대시인회 회원. 창시문학 회장 역임.
문파문학회 운영이사. 문파문학상, 창시문학상 수상. 저서 시집 『아르페지오네 소나타』 『쥐똥나무』.

11월이 끝나는 날에

달랑 한 장
벽에 붙은 달력은 오 헨리*의 마지막 잎새
병든 여인을 위해 밤새워 자신의 목숨과 바꾼
늙은 무명화가의 벽화
세찬 겨울바람이 불어와도 떨어지지 않을 터
12월이 끝나는 날엔
우리는 마지막 잎새를 떼내야 한다
365일 지난날이여 안녕
365일 다가올
새로운 날들을 위해 기도하자
내 삶이 마지막 잎새가 될 때까지
내 삶이 아직도 가지에 매여
흔들리고 있기에.

---

* 오 헨리(O. Henry 1862~1910) : 미국의 단편 소설가

내 손녀 이루다의 첫돌을 맞으며

내 손녀 이름은 이루다
세례명 같기도 한 그 이름이 한참은 이상하게 들렸지만
지금은 너무 좋다.
온전히 합치면 순수 우리 이름이고
이루다는 완성을 의미하니까
부르기도 쉽고, 외우기도 쉽고, 큰뜻을 갖고 있으니까
한문으로 표기하면 기쁠 루(慺) 많을 다(多) 기쁨이 많다는 뜻
이니 참으로 좋은 이름이다
　루다의 아비가 즉흥적으로 지었다
　귀여운 내 손녀 루다야
　매일 달라지는 너의 재롱을 보노라면 이 할머니도 행복이 가슴
에 가득 쌓인다
　너가 태어난 오늘은 봄을 지나 이 땅의 모든 생명체들이, 빛나
는 태양을 향해 용솟음 치는 盛夏의 문턱이다.
　우리 루다도 무럭무럭 자라서 예쁘고 지혜롭고 튼실한 재목이
되기를 기원한다
　나도 이제 자랑거리가 생겼다
　귀한 내 손녀를 탄생시켜 행복한 웃음을 안겨준 아들아 며늘
아기야 고맙다
　부디 행복해 다오.

만추의 오후 3시

서녘 하늘로
기울어진 늦가을의 해

오후 3시만 되어도
뿌옇게 빛을 잃어
모자이크 속에 박혀진
고흐*의 초상화다

마른 잎
서늘한 포도 위를 뒹굴고

"가까이 오라
우리도 언젠가는 가련한 낙엽이 되리니"
구르몽**의 詩구가 귓가에 맴돈다.

---

* 빈센트 반 고흐(1853~1890) : 네덜란드의 화가
** 레미드 구르몽(1858~1915) : 프랑스 시인, 소설가

어머니

아~
어머니
당신은 카치니의 아베마리아
영혼을 모으는 간절한 기도
처연한 선율이다

아~
아~
이 세상에 없는 당신은
내 가슴속 깊은 곳에
아무 말도 소용없는
비장한 음악이다

아~
아~
아~
온 우주를 돌고 돌아도
표현할 길 없는 가없는 사랑
어머니.

스타벅스와 사이렌

지그시
정신을 자극하는 검은 카페인의 향기

스타벅스의 찻집 창가에 앉아서
손에 든 따뜻한 컵을 찬찬히 본다
왕관을 쓴 머리 긴 여인
사이렌*
그녀의 아름다운 노랫소리에 홀려
물귀신이 되었던 뱃사람들
신화 속의 그녀는 이제 불새가 되어
커피의 향으로 변신하여 세상 사람을 유혹한다

사이렌
스타벅스는 왜 이 여인을 상호의 상징으로 삼았을까
신화는 죽지않고 영원하기에-
쫓기듯 지쳐있는 현대인은 긴장의 끈을 조절하고
초자연적인 신화 속에서 삶을 음미한다

사이렌
쭈빗한 울림
그녀의 이름을 경보음으로 사용한 지도 오래다

......

그녀는 지금 우리의 연인처럼 곁에 와 있다.

＊사이렌 : 그리스 신화, 반인반조(半人半鳥)의 바닷속 요정.

청어구이

뱃속이 알로 꽉 찼다
뱃속이 곤으로 꽉 찼다
온 몸뚱이가 2세를 위해서 살았나 보다

지금쯤
어느 바닷속 돌 틈이나 수초에
그 많은 아기를
해산하는 희열을 누릴 것을

생명이 있어
살아 간다는 것
인간이나 짐승이나 미물에게도
2세를 위해 고행의 길을 걸어간다

청어야
오늘 우리집 식탁의 먹잇감이 되었구나.

취기

왠지 기분이 좋다
왠지 웃음이 자꾸자꾸 나온다
열받은 문어처럼
가지가지가 율동한다

이제껏 아무 욕심도 없었는데
왜 흐릿한 동공에 이슬은 맺히는가
이 휑한 가슴은 누구를 기다림인가

무엇이 족해서
터져 나오는 헤픈 웃음인가
무엇이 허해서
터져 나오는 질긴 눈물인가

하늘이 돌고
땅이 돌고
해와 달이 돌고
내가 돌아가니

보리밭의 화가도
달밤의 시인도
귀머거리 광인의 피아노도 부럽지 않다.

회억 回憶
-올드 블랙 조

'그리운 날 옛날은 지나가고
들에 놀던 동무 간 곳 없으니
이 세상에 낙원은 어디메뇨'

어린 날이 그립다
학예회 연습 때
머리를 까닥까닥하며 부르라고 야단치던 깡마른 담임선생님도
그립다

'오 수재너
스와니 강
캔터기 옛집
금발의 제니
꿈길에서'
포스터*의 곡은 아련한 향수가 어려있다
명곡집이 누더기가 되도록 둘러앉아 불렀던 옛친구들.
지난날이 사무치도록 그리운 것은 다시 돌아올수없는 젊은 날
이었기에,
이제 올드 블랙 조는 나의 자화상이다

'나 홀로 머리를 숙이고서 가노니'

고개를 까닥까닥한다.

* 스티븐 포스터(1826~1864) : 미국의 민요 작곡가

행복한 오후

문우 다섯 명의
카페 휴식 시간
투명한 글라스 속의
청포도 케일 주스는 푸른 환상곡이다

한겨울에
처음 먹어보는 푸른 주스
굵은 다이아몬드 얼음덩이에
빨간색 긴 빨대로 휘휘 저으며
이열치열 문학의 향기를 마신다

도란도란
시어 하나를 붙잡고
보석 같은 문우애를 느끼며
우리는 파아란 낭만의 날로 돌아간다.

백미숙

삶의 징검다리를 건너며 흘린 눈물도 가슴 무너져 내리던 아픔도
새 생명의 태동을 느끼던 환희도 엄동에 세찬 바람 불어와
이젠 정말 먼 기억 속으로 달아나고 있습니다 잊혀지고 있습니다

거기 누구 없소 | 경포호 솔향에 취하여 | 굴렁쇠처럼 | 그 산은 | 길 위에서 | 그 숨소리
눈꽃 | 늦가을 불곡산 | 동반자 (2) | 바위 하나

PROFILE

『한국문인』시, 수필 등단. 한국문협 동인지 연구위원, 한국수필 부이사장, 문파문학 명예회장, 국제pen클럽 회원, 문학의집·서울 회원, 수상 : 창시문학상, 새한국문학상, 황진이문학상본상, 문파문학상, 한마음문화상 외. 저서 : 시집『나비의 그림자』『리모델링하고싶은 여자』, 공저『한국대표명시선집』『문파대표명시선집』『성남문학작품선집』『새한국문학상수상작선집』『한국수필대표선집』외.

거기 누구 없소

하늘이 쏟아졌다

얼음 같은 눈구름
맨살 도려내는 얼음보다 차가운 눈이
붉은 태양을 삼키고
달과 별도 녹여 버렸다

삐딱이는 장지문 붙들고 울부짖는
손금처럼 일그러진 촌노의 낯빛은
흙탕물에 부르튼 창호지처럼
빛깔이 없다
무너진 초가지붕 밑에 깔려
눈 감아 버린
미이라처럼 굳어진
아내의 몸뚱이 곁에
고드름처럼 얼어붙은 노인
'거기 누구 없소'
'거기 누구 없소'
개미처럼 입술만 흐느적거린다
끝없이
눈은 쌓이는데,

무심한 어둠은 눈 위에 내려앉는다

경포호 솔향에 취하여

보석을 뿌려 놓은 듯 아름다운 경포호
거울처럼 맑은 물에
잉어 붕어도 한가로이 헤엄치며
싱그러운 솔 향내에 취한다

청아한 하늘은 호수에 잠기고
별과 바람과 소나무숲
한적한 여유로움, 아!
무릉도원이 따로 있는가

솔숲에 묻힌 사랑
에미바위,
적곡조개,
허난설헌,
허균 이야기 강물 위에 띄워놓고
초당 두부 한 접시
부새우에 입맛 돋운다

숱한 시인 묵객의 애환
술 한잔에 담아 마시고
팔각 기와지붕 밑에 누우니
죽도의 대나무 사이 뚫고 들어온 달빛
태백 준령 끝자락이
솔향에 취하여 경포호에 잠든다

굴렁쇠처럼

무심코 종이 위에 동그라미를 그린다
꽉 찬 건지
텅 빈 건지
허기인지
포만인지
목울대에 물이 고여 꺽꺽거린다
미움인지
사랑인지
그리움인지
서러움인지
흠뻑 젖은 손수건을 움켜쥐고
동그라미는 굴러간다

서재에 빽빽하게 꽂혀있는 책들이
이름 모를 꽃처럼 방안을 가득 채웠다
몇 가닥씩 길 잃은 꽃잎들이 먼지처럼
흩어져 샛길로 빠져 나간다

머릿속이 텅 빈 광장이다
외로움일까
배고픔일까

아픔일까
슬픔일까
목젖 넘어 새까만 울음이
그렁그렁 가득히 차오른다
굴렁쇠는 동그라미를 그리며
종점도 없이 굴러간다

그 산은

창문을 열면
금방 눈앞에 다가와서
四季의 자욱을
마음속에 침전시켜주는
백현산
새까만 어둠 속에서
수많은 생명을 분만하여
푸르른 꿈을 안겨주고
오염된 세상을
맑고 고운 숨결로 껴안아 주는
어머니처럼 다정한 산

치맛자락 붙잡던 나뭇가지와
나비처럼 팔랑거리던 이파리들

모두 시들어 버렸지만,
그 산은
서서히 빌딩 숲 사이에
잠깐 머물다 돌아가는
아침 안개 품어 안고
조용히 허리 굽혀 나를 바라본다

어제도
오늘도
변함 없이
그 자리에서

길 위에서

신호등 앞에 서서
길을 건너려고
무심히 지나가는 차들을 바라본다

쌩하고 질주하는 스포츠카
썬글라스 낀 젊은 남자
옆자리에 여자를 껴안고 있다

은회색 그랜저가 달려온다
빨간 신호등을 그냥 지나간다

까만 비 엠 떠블 쎄단이 미끄러져 온다
담배연기가 창밖으로 뿜어 나와 나는 고개를 돌린다

번쩍이는 헷맷 쓴 오토바이
자전거를 피하느라 급브레이크를 밟는다

하-얀 쏘나타를 밀치듯 덤프트럭이 달려온다
스탑! 스탑! 마음에서 소리 지른다

혼란스럽다

세상에 질서가 없다
어서 지나가 버리자
괜스레 마음이 바빠진다

그 숨소리

붙잡을 듯 들었던 손이
허공에 원을 그리며 돌아온다
머릿속 깊은 곳에서
또 옥, 또 옥
핏방울 떨어지는 소리
가슴이 무너져 내린다

위선과 불의로 탐욕을 채우려는
허황된 상상으로
자신의 굴레를 벗어 던지고
망아지처럼 허둥대며
어둠 덮인 밤길을 걷고있는
사람 아닌 사람들

부모가 어린 자식을
아들이 늙은 부모를
걸레처럼 찢어서
산기슭에 파묻어 버린
생명 없는 사람의
피 묻은 그 숨소리가
어둠 속에서 나뭇잎을 흔들고

눈꽃

하-얀 눈꽃이
웃음을 날리는데
가지에 매달린
고드름이
굵은 눈물방울 떨군다
눈물에 젖은 꽃잎이
녹
　아
　　내
　　　린
　　　　다
바람이 손을 흔들며
가지 사이로 달아난다
하-얀 눈꽃이
떨
　어
　　진
　　　다

늦가을 불곡산

늦가을 불곡산은
맑은 바람으로
나뭇가지 흔들며
노란 편지를 띄웁니다

가느다란 허리에
바람 칭칭 동여매고
휘파람 불며 우는 나뭇가지들

바람과 나무가 나누는 사랑
나뭇가지 툭툭 부러뜨린 흔적
골짜기에 묻어둡니다

기쁨과 슬픔이 만나서
노랗게 빛바랜 영혼
가을 바람의 무늬로 새깁니다

동반자(2)

서산에 새벽달
하얗게 부서져 내려앉으며
미명이 서성이며 다가옵니다
창을 스치는 바람 소리에 잠 깨어
깊이 잠든 당신의 거친 손을
살며시 만져 봅니다
희끗희끗 서리 내린 머리카락
보리밭 고랑처럼 늘어진 피부
실개천처럼 주름 잡힌 이마
조그만 내 가슴이
마늘을 삼킨 듯 아려 옵니다

무서운 병마에 신음하면서
죽음의 문턱에서 괴로워할 때
갓난아이 다독이듯 보듬어주고
커다란 가슴으로 품어준 그대
이세상 끝날까지 마주보면서
가슴 깊이 아껴줄 오직 한 사람
나의 동반자,

소중한 당신을 사랑합니다

바위 하나

제주시 서부두방파제
등대 밑

커다란 바위 하나
가슴에 흐르는 눈물 삼키며
수평선 바라보고
앉아 있다

밀려드는 파도에
부서지는 물보라
얼기설기 흐트러지는
가슴에 엉킨 실 타 래

커다란 바위 하나
홀로 앉아 울고 있다

전정숙

지금은 버티고 있지만 또다른 희망으로 한걸음 나아가고 있다

11월 | 고프다 | 나무 | 나비가 되어버린 그대 | 다른 사랑 | 다시 | 마음 | 버티고 있다
삶 | 손길 | 아버지 | 우리 사이 | 창으로

P R O F I L E

2008년 구상 솟대문학상 추천완료, 제4회 성남시 장애인 예술제 금상, 2007년 전국 장애인 근로자 문화제 입선 (산문학 부문), 제6회 성남시 장애인 예술제 금상, 2008년 경기도 장애인 종합예술제 대상(글짓기 부문), 제2회 전국 장애인 종합예술제 대상, 제7회 성남시 장애인 예술제 금상, 제8회 성남시 장애인 예술제 금상, 제2회 대한민국 장애인 음악제 창작음악 공모전 작사 부문 대상 입상, 제15회 민들레문학상 공모전 장려(2013, 동화) 수상.

11월

당신은 마지막 시간을 잡고 있죠
주름살 하나가 찐해질 때쯤
온데간데없이 날아가 버리겠죠
그대와 함께 울고 웃었던 시간을 옷깃을 여미며
떠올리겠죠 안녕 그대여……

고프다

그립다고 노래를 부른다
눈이 큰 모습이 그리워 뱃속이 허전한가 보다

허공에 동그라미를 그려 보면 그가 앞에 서 있다
금방이라도 다정한 눈빛으로 말을 걸 것 같은

눈을 떠 보니 사라져 버리는 하얀 그림자
그립다고 뱃속 깊은 그곳에서 노래를 부른다

눈 감고 동그라미를 그려 본다
하얀 얼굴의 그대가 미소 짓고 있다

눈을 떠 보니 그대는
구름 타고 날아가 버렸다

사라져 버린 그대가 배고프다

나무

한 그루에 묘목이 있었습니다
따뜻한 햇살과 입 맞추면
새싹이 돋아나 어엿한 숙녀가 되어
나비와 사랑을 나누어
하얀 꽃이 피었습니다

차가운 바람이 불어와 꽃은 지고
푸른 잎도 하나둘 떨어져
앙상한 가지만 남았습니다
나뭇가지를 그네로 삼아
편히 쉬었다 가렴

나비가 되어버린 그대

문득 떠오른다 9월의 그날
말없이 굳은살 박힌 손 잡아주는 그대의 모습
휘날리는 낙엽 따라 소녀의 마음도 흔들렸다

보이는 굳은살이 부끄럽지 않다고
마음의 굳은살을 하나하나 건네주었다
소녀는 노란 국화 향기처럼 그를 포근하게 안아주었다

허나 한 마리의 나비가 되어 날아가 버린 그
문득 그립다

다른 사랑

동그란 눈을 그려 얼음 조각 뿌려 눈사람 만들어
외로이 서 있는 나무 옆에 앉혀 놔
봄 햇살 다가오기 전 서로의 온기를
포근히 느끼게 해주고 싶다
사르르 녹아버리겠지
허나 따뜻한 봄 햇살이 그를 꼭 안아준다

다시

그대는 찬바람에 옷깃을 여미며
불그스레한 감을 바라본다

낙엽들은 바닥을 뒹굴며 여행을 떠난다
 앙상한 가지 위에 겨울들이 스며들어

풍성한 자식들과 웃음 지었던 그해 따뜻한 계절이 사라지고
홀로 남겨진 가지 위에 찬바람만이 기다린다

마음

담배연기 그 속엔 고독이 들어있다
어릴 적 아버지는 안쓰러운 마음으로 바라보셨다

뻑금뻑금 동그라미들은 얼굴을 스쳐 지나갔다
외로운 바람이 스칠 때면 아빠의 눈동자가 떠오른다

안타까워하는 그의 모습 이제야 조금 알 수 있을까
아직도 창문 밖에 담배연기가 들어올 때면
한쪽 가슴이 아려온다

버티고 있다

바람에 휘청휘청 뿌리까지 흔들리고 있다
가지가지마다 새싹은 온데간데없고
고독이 감싸 안고 있다

참새 떼 조잘조잘거려도 그는 웃음을 지을 수 없다
그저 바람에 흔들리고 있다

삶

평행선을 이루듯 작은 새들이
높이 더 높이 집을 향해가는 모습
구름 한 조각 한 조각 흘러가는데
양 떼들도 앞 다투어 보금자리를 향해 뭉실뭉실 떠가고

가을 하늘이 내것인 양 바라보며
고추잠자리를 기다리는 빨간 꽃
수줍어 고개 숙인 분홍 꽃잎
가을 햇살 받으며
꽃잎은 하늘에
꿈을 심어본다

손길

포근한 가슴을 안고
아기는 세상 속으로 나왔다
거친 파도 속에서도 환하게 웃음 지을 수 있었다

한 살 한 살 먹어가면서 미소는 차츰차츰 사라져
앙상한 나뭇가지만 남아 있었다

햇살이 그녀에게 다가와 따뜻하게 안아주니
저절로 미소가 지어졌다

아버지

　어린아이 마음으로 아버지께 달라고만 한다 건강을 지혜를 물질을 아버지는 내게 말한다 넌 남이 없는 걸 갖고 있지 않니? 이제 좀 한 발 앞으로 나아가렴 바람에 흔들리는 오뚜기가 아닌 작은 씨앗을 심어보자 사랑하는 내 딸아 세상에서 볼 때는 부족해 보이지만 나에겐 밤하늘에 빛나는 별과 같은 소중한 자식이란다

우리 사이

4년 전에 그녀와 나는 만났다
소꿉장난하듯 토닥토닥
방아 찧고 까르르 까르르
웃음소리로 711동을 가득 메웠다
아이는 입으로 자기만의 세상을 만들어
바람과 춤을 추고 있다
온몸으로 그녀는 아이의 손이 되어
맛깔난 인생을 만나게 해주고 있다

창으로

창문을 두드리는
당신의 말씀 들려와 마음의 눈이 밝아지고
창을 활짝 열어 놓으면
고운 말씀이 스며들어와
편안한 아침을 맞이한다
들려오는 아버지 음성
세상 어둠이 밝음으로 환하다

김용구

시를 쓰는 마음은
맑은 영혼의 집이다

묵상에 잠겨 있는
평상심
관조의 세계

49회 나자로의 날 | 가을 소풍 | 물의 도시 춘천 | 신비 | 오늘 | 은행 나무 길
이태리 베니스를 그리며 | 추석 단상 | 철학이 숨쉬는 공간

P R O F I L E

충남 논산 출생. 계간 『문파』 시 부문 당선 등단. 전 창시문학회 회장. 저서: 공저 『그림이 맛있다』 외 다수.

49회 나자로의 날

의왕시 나자로 마을 1박 2일 피정
주교 본당신부 돕기회 회장 여러 교우들 참석
나자로 날 기념 행사를 했다
10년에서 40년 후원자에 감사장 수여식
우리 부부는 30년 후원자로 감사장 장미꽃 다발 녹차
축하 선물 받았다, 순간
고통 속에 살아온 나환자의 모습이 어른거렸다

마을 입구 성 아론의 집
온전한 마음으로 돌아오라
홀로 머물러라
다른 사람이 되어 나아가라를 묵상하며
하룻밤을 절대자에 대한 겸허한 마음으로 보냈다

단풍이 다채로운 마을 언덕
가끔 눈에 들어오는 노쇠한 나환자의 모습
머지않아 우리들의 사랑의 씨앗이 싹트리라는
성서 구절이 떠올랐다

성 나자로 마을에서 나환자 돕기
베트남 나환자 치료 지원봉사 활동에 머리 숙여진다

가을 소풍

자연이 준 선물 자연 속으로
강원도 인제 양구 단풍여행 떠났다

자작나무 숲의 인제
전통 시장 야시장이 어울려지는 곳
고사리 곤드레 표고 나물들이 향기로운
한국관 식당에서 야채 정식 맛깔 있는 식사 기다린다

양구로 가는 오솔길
파라호 흐르고 단풍과 어울려 태백산맥 연봉
남과 북 지나는 곳이다
먹거리 시래기의 고장
나목의 박수근 미술관
예술이라는 것 그림은 삶이고 자연의 일부라는
메시지를 온몸으로 전달하는 곳이다
인문 문학관, 문학 철학 전문 문학관에는
한국 대표 시인 10명의 대표 시가 가슴에 스민다
철학자 김형석 안병욱 교수의 철학 사상이 눈부시다

파라호 한반도 섬 거닐며 다른 모양의 가을 속의 호수 자연의
오묘함 느껴본다

물의 도시 춘천

경춘선 따라 춘천 소양강 드라이브
소양강 처녀상 노래비 앞에서
반야월 작사 김태희 노래에 젖어 본다

'해 저문 소양강에 황혼이 지면
외로이 우는 슬피 우는 두견새야
열여덟 딸기 같은 어린 내 순정
아~ 그리워서 애만 태우는 소양강 처녀'

소양강 물가에 애절한 소녀의 갈망이
사춘기 이성에 대한 그리움이 스쳐간다

소양강 댐으로 가는 길
힘찬 조국의 근대화가 댐의 웅장함으로 대변한다
강을 막아 인공저수지로 농 공업 용수 공급
수력발전 배가 다니는 관광명소 되었다

이 다목적 댐을 거닐면서 위용에 새삼스레 경탄한다

돌아 오는 길에
달달 볶은 닭갈비 춘천 막국수의 맛 명품이다

신비

잠시 멈추어 눈을 감는다
시간을 붙잡고 고요히 머문다
지평선 하늘을 넘어 저편의 세상
감각으로 비상하는 새처럼
신비는 나에게로 찾아온다
나뭇잎 사이로 새어나오는 빛 한 줄기에
가슴 벅찰 때가 있다
신비는 내 가까이에 있나 보다
고독과 침묵 속에 나를 찾는다
맑은 호수에 비치는 하늘처럼
마음의 영혼을 바라본다

나와 너
그 자체로 신비로운 존재

오늘

어둠이 가고 밝은 햇빛이
가득해지는 오늘

신비로운 자연 속의 만물
등불을 밝힌다
동녘에 붉게 타오르는 해
창공으로 비상하는 새
춤추듯 생기 넘친다

나뭇가지 새싹
꽃망울 터트리며
환호하듯 흔들흔들

신이 준 생명체
소중하게 엮어가야 해

누군가에게 미소 짓게 하고
공허한 마음에 용기 채워 주는
오늘이기를 기도한다

은행 나무 길

사랑받을 만큼 아름답다
길 양편 은행나무 길
서로 마주 보고 견우직녀 하늘로 손을 뻗어 잡고 있네
나무 터널이 만들어져 은행잎이 물드는 날
천상의 오작교

명륜동 공자를 모시는 대성전 뒤뜰
유생들이 공부하던 터전
500년 넘는 두 그루의 은행나무가 묵묵히 서 있다
교우들이 담소하며 이상향에 젖었던 추억의 오솔길

노후가 되어
그 옛날의 상아탑을 되돌아 본다

이태리 베니스를 그리며

40여 년 전 베니스 가족여행
이태리 동북부 물의 도시에 선다
죽기 전 가고픈 매혹적인 도시
사계를 작곡한 비발디가 태어나 성장한 곳
문호 괴테 바이런 시인들이 극찬한 명소다

조각조각 섬들 다리로 연결 아름다운 물의 도시로
생겨난 환상의 마을

베니스
크고 작은 다리 건너며 상념에 젖을 때
지나 가던 콘도라 뱃사공 멋지게 〈오 솔레 미오〉부른다
'오 맑은 태양 너 참 아름답다
폭풍우 지난 후 너 더욱 찬란해~'

고무 장화 신고
고개 숙여 기도하며
웅장 화려함에 감탄했던
베니스 성마르크 성당

다시 가고 싶은 베니스

추석 단상

따스한 햇살 속에 마음까지 훈훈해지는 한가위
사랑하는 자손들과의 기쁨

조상 추모하는 새벽 미사
성당의 종소리 은은히 들리는 듯
침묵 흐르고

아들 딸 며느리 손자 손녀 기다리는 기쁨
정성들인 아침식사 정감 흐른다

아침 공간에 에디아 커피의 집
딸 손자 손녀는 아이스 차
우리 커플은 따뜻한 아메리카노
젊음은 찬 음료 늙음은 따뜻함을

어느덧 손자 손녀 성년이 되고
어릴 때 함께 했던 민속촌 에버랜드
공룡 찾아 다녔던 때도 추억이 되었다

이제 황혼의 언덕
흘러간 시간 속에 삶의 발자취 더듬어 보는
한가위 상념

철학이 숨쉬는 공간

양구 인문 문학관
100세 일기를 쓰고 있는 김형석 교수와
고 안병욱 교수의 일생을 정리한 철학관
두 철학자 작품이 진열되어 있는 곳

철학자 김형석
가난과 힘들던 시절
사색적이고 서정적인 글로 지친 영혼 위로해준
우리 시대의 대표적 멘토
진리와 사랑을 공감한다
성실하게 삶을 산 노 철학자의 내면 세계
가슴이 뭉클하다

세상에서 제일 소중한 시간은 현재 중요한 사람이고
제일 중요한 일은 그 사람에게 선을 행하고 있는 것
인생에서 가장 중요한 덕은 성실
성실은 인생의 땅이요 고향의 방석이다 라고
역설했던 고 안병욱 철학교수

두 철학자의 영혼이 숨 쉬는 곳
인생을 살아가는 데 존경과 경외로움 느낀다

실존주의 철학 개념 정의가 지금도
생생하게 읽혀진다

김문한

사랑은 가고 옛날은 남는 것 여름날의 호숫가 가을의 공원 그 벤치 위에 나뭇잎은 떨어지고
나뭇잎은 흙이 되고 나뭇잎에 덮여서 우리들 사랑이 사라진다 해도
- 박인환, 〈세월이 가면〉
왠지 요사이는 정든 문우님들의 생각이
박인환 시인의 시처럼 내 마음을 덮치고 있습니다

빛 2 | 통나무 | 마지막 소원 | 감자를 캐면서 | 이웃집 아저씨 | 퇴고
마침표 찍으려 하니 | 그렇게 살기로 했다 | 아침을 맞이하며

PROFILE

2013년 계간 『문파』 등단. 문파문학회, 창시문학회, 한국문인협회, 한국문협 성남지부 회원. 저서 : 시집 『그리움
간직하고』 『바람 되어 흘러간다』 『뿌리』 『울지 않는 낙엽』 『마침표 찍으려 하니』.

빛 2

너무나 마음 아파
이 생각 저 생각에 잠을 설친 아침

소리도 냄새도 없는 햇살이

창문을 열고 들어와
몸 속 어둠을 밀쳐내고 있다

그래, 일어나야지
비록 아쉬웠지만 다시 시작해야 한다

비바람에 시달려도
빛이 있기에
들꽃이 피지 않더냐.

통나무

씩씩하게
하늘 보고 쑥쑥 자라
푸른 꿈이 가득했던 나무

세월의 턱에 걸려
밑동 잘리고 몸통만 남아
살아서 못한 일
저승에서 찾고 있다

땅에 박는 말뚝이 될까
보금자리 꾸미는 뼈대가 될까
삶의 편리한 반려자 되고도 싶고
어머니 도우미 도마가 된들 어떠리

영원한 삶 속으로
수렴(收斂)되기 바라는 통나무
가득 실은 기차
어둠 속 힘차게 달리고 있다.

마지막 소원

재주도 없으면서
푸른 그늘 되겠다고
노심초사(勞心焦思) 걸어온 길엔
발자국마다 땀방울이 고여있다

아직도 생소하기만 한 삶의 길
끝이 보이지 않아
그리운 고향으로 가고 싶어도
새우등 허리, 다리 힘도 없어
이대로 세상 마쳐야 하나 망설이고 있는데

어쩌자고 이 몸에 이파리가 튀어나오는지
아직도 수액이 남아 있었단 말인가
욕심인 줄 알면서
없던 힘 마지막으로
무성한 이파리 넓은 그늘 펼치고 있다.

감자를 캐면서

어머니는 허리 아픈 것도 참으시고
감자꽃을 따주었다

꽃을 활짝 피우지 못한
감자 줄기와 잎
시들시들해지는 칠월의 어느 날
호미로 밭두렁 허무니
통통한 옥동자 소도록이 달려 나온다

나무에 매달린 사과
익어가는 멋 자랑할 때
감자꽃의 기운을
알 쪽으로 옮기게 한 어머니
땅속에 숨어 토실토실 자란
감자의 겸손
얼마나 아름다운 삶이더냐.

이웃집 아저씨

빽도 없고 돈도 없었지만
6·25전쟁 때 국군으로 참전하였으나
치열한 전투에서 살아나

덤으로 살고 있다고
세상살이에 몸과 마음 다하며 살아왔는데
어느새 새우등 허리 머리에 서리 내렸다
무슨 일 더 할 수 있을까 생각하다
추위에 더욱 붉어지는 산수유 열매 보고
시 쓰는 부대에 자원했다는 이웃집 아저씨

아직은 신병이지만
새로운 싸움에 적응할
언어의 전략 배우고 시의 전술 익혀
이 전쟁에서도 승리하는
멋진 용사가 되고 싶다는 그의 눈동자
떠오르는 아침 해와 같이 반짝이고 있다.

퇴고 推敲

시를 쓴다는 것은
목수가 나무를 다듬듯이
영혼의 뼈를 깎아내는 것이라기에

밤새워
깎고 또 깎았으나
매끄럽지 못해 허전하다

해가 떠오르는 아침
속 쓰려 냉수 한 잔 마시고
지나온 길 되돌아본다

재주 없는 머리
하던 일 서랍에 넣어두고
이런 저런 시어를 묵상하다 이건가 하고

백일 만에 꺼내어
뼈를 깎으니
깔끔한 시 한 줄이 생겼다.

마침표 찍으려 하니

끝없는 들판
콧노래 부르며 시 찾아 나섰다

갑자기 먹구름 모여들더니
눈이 내린다
어디까지 왔는지 눈 덮인 세상
밟고 온 발자국마저 지워져
돌아갈 길조차 알 수 없다

이 길로 갈까
저 길로 갈까 망설이다
잡고 있는 지팡이
넘어지는 쪽으로 걸었다
정신 차리고 보니 제자리에서 맴돌았을 뿐

다시 시작해야 하나
하늘 눈이 없는 머리
날은 어두워지고
불어오는 찬바람 마음 시려

마침표 찍으려 하는데
가방 속 책에서 따뜻한 말씀 하나 들린다.

그렇게 살기로 했다

시간을 먹으며 살아온 삶
황혼을 업은 가슴에는
아직도 나무 심어 잎 틔우고 싶다
이웃의 그늘 되겠다고
진눈깨비 내리는 길 헤치고
세상 문 두드리며 힘차게 달려왔는데
어느새 새우등 허리, 둔해진 손과 발
헤쳐 나가려고 애태우던
마음의 빛도 깜박이고 있다
낡은 것은 가고 새것이 오는 것이 자연의 법칙
이제 집 모서리를 돌아
앞을 밝히는 달빛 같은 그림자 되어
사랑 뒤에서, 눈물 뒤에서
어리석은 척 살아가는
소리 내지 않고 흐르는 강물이 되리라.

아침을 맞이하며

사랑의 하나님
고목과 같이 시든 몸
깨워주시어
새날을 주시니 감사합니다
책상 위 쓰고 또 지우고 한
미완성 시가 보이며
아침 해가 찬란하게 비치는 창을 여니
이슬 젖어 웃고 있는 꽃
뜰의 소나무 솔잎의
싱싱한 웃음소리 들리니
내가 살아있다는 생각에
기쁘기 이루 말할 수 없습니다
지금까지 삶의 징검다리
넘어지지 않도록
인도하신 당신을 생각하며
오늘도 모질게 내 일에 힘쓰겠습니다.

김건중

마음의 샘이 말라 바닥 두레박이 가볍다
깊은 수렁에서 영혼의 씨앗을 줍는다는 것
결코 쉬운 일이 아님을 세월이 갈수록 느끼는
소회이다. 시 몇 편을 썼다고
작가연하는 풍자가 두렵다

붉은 신호등 | 바람의 소리 | 청참외 익어갈 때 | 힘겨운 겨울나기 | 넋두리 | 5월 | 산정
남의 눈물 | 바닥이 보인다 | 각본 위에 산다 | 상상의 깊이와 넓이 | 그곳에 가면

PROFILE

전북 완주 출생. 계간『문파』시 부문 신인상 당선 등단. 한국문인협회 회원. 문파문학회 이사. 창시문학회 회원.
대한민국 미술대전 2회 입선. 대한민국미술협회 회원. 개인전 1회(서울갤러리). 저서 : 시집『길 위에 새벽을 놓
다』. 공저『가을 그리고 소리』『그림이 맛있다』『2015 문파대표시선』외 다수.

붉은 신호등

촉각의 벽시계 정오에 멈춰 서 있다
꽉 차오른 신호인가 앞이 비어있다는 것인가
그것도 아니면
영지의 순환이 꽂아놓은 깃발인가

빨리, 빨리라는 습관적 서두름
앞만 보고 가다 아래로 흘러
어느덧 바다에 이르러 서 있다

영혼의 떨림처럼 반짝 눈부시다
사라지는 빛의 요정
낯설은 간이역 잠깐 쉬었다 가는
열차의 긴 한숨 아물아물 안갯빛이다

갈라진 묘비 앞에 서 있는 붉은 신호등
빈 배 위에 날짜 없는 시간표만 싣고 있다

바람의 소리

서닥 바위 모퉁이를 돌아서는
바람의 손짓
소나무 가지 위에 흔들 답을 권하고
추위 끝자락 매듭 풀어진다

마무리 끝난 목화밭 끝머리
가벼운 냉이 뿌리 기지개를 펴고
밭두렁 돌아오는
삼촌 아저씨 가벼운 흥얼거림
야트막한 안골마을
푸른 시절이 녹아내린다

지나려면 그렇게 오금저렸던
뽕나무밭 뒷켠 상여집 처마마저 내려앉아
더욱 스산한 서쪽 하늘

아쉬움에 떨던 아궁이의 솔가지
타는 냄새
저녁 노을 허기짐 어둠을 끌어안고
박새 한 마리 날개를 접는다

청참외 익어갈 때

나 코흘리개 자랄 때
참외는 청참외밖에 없었다

언덕바지 밭고랑에 참외 익어가는
바람의 냄새 노랗게 번질 때

어둑했던 배고픔은 그림자로 남아
식어버린 솥단지
다닥다닥 붙은 검정 방울 하얗게 녹아
어머니 가슴 서럽게 적셨다
달빛 은은한 여름 더위 알맞을 때
어머니가 나눠준 청참외 반쪽
참맛은 지금도 파랗다

모기 쫓으려 쏘시개 불 연기 빈 하늘 솟아
더위 먹은 산허리 양두깨로 적시고
여름밤은 후덕지게 깊어갔다

힘겨운 겨울나기

바람이 태풍처럼 세고
처마 서로 맞닿아 길눈 어두운
가난을 이고 사는 판자촌

토막난 지붕 위로 솟아오른 큰소나무 가지
무서운 눈보라 몰아치는 한밤
판자 울타리 넘어온 탱자나무 가시
독기 차올라 스스로 살을 에인다

연탄가스 하늘로 날아
구름과 마주할 때
말 벗 없는 독거노인 추위에 떠는 한숨
바르르 문풍지를 뚫는다

근로 현장에서 밤늦게 돌아온 소녀 가장
가난한 수저 위에 놓인 김치 한 가닥
감사로 눈시울 적시고
제사상에 바치려 처마에 걸어놓은 쭈꾸미 한 두름
점프 몇 번으로 낚아챈 도둑고양이
이를 잡으려는 아줌마 쫓고 쫓기는 숨바꼭질

냉기의 정적만이 흐르는
방 한구석 혼자서 흥이 나는 TV프로
어두운 형광등에 걸려
고독하게 희희덕거리고 있다

넋두리

혀짤배기 어수선한 소리 같아
귓등에 엉겨붙어
넘어가지 못하는 비계 잔뜩 낀 말
의도된 속풀이로
험담같이 심장박동 멈칫 비껴서는 상채기

모양 없고 형체 없다 함부로 토해
지껄이다로 통칭되는 헤퍼진 언어
밖으로 새 주워담을 길 없어
주름 펴고 번져간다
영원하게 갈 수 있는 말이 아니더라도
오래 기억되는 순수함 찾는
고뇌에 찬 시인의 목소리 들리지 않고

말라빠진 말의 성찬
하늘 들어 채반 위에 씨앗 건지려니
씨알머리 없이 자란 넋두리만 황량하다

5월

꽃향기 삭기 전 푸르름으로
성숙한 아가의 웃음 함박진 5월

감당하기 어려운 젊음 터지는 짙푸른
잔디밭에 누워있는 햇볕 싱그러워
순결의 창문만 열리는 바람의 꽃
남쪽 방향으로만 분다

사정없이 울어대는 맹꽁이 갈라진 목소리
밭두렁 넓혀놓고
옥수수 수염 길어지는 숨소리 들린다
장다리꽃이 만발한 지평에 봄은 가득차고
저수지에 수위 높아져
짠 붕어 떼 자맥질 소란스럽 숲속 고요를 깬다

꽃잔치 풍덕지게 높이던 계절의 턱을 넘어
익숙된 몸치장으로 바꿔 단 이름표

항아리에 가득한 물 위에 뜬 달빛
밤하늘 푸르디 푸르게 여문다

산정山頂

겨울산은 다산한 어머니의 검은 치마폭이다
삭풍에 나뭇가지 마구 흔들려도
서리 내리고 눈보라 휘몰아쳐도
모두를 품에 안고 풍덕진 무게도 있다

나 어렸을 때 깊은 산사에 잠자 본 적 있다
뒷간 가는 길이 도깨비 나올까 봐 벌벌 떨고
목침 뒤집었다 다시 놓던 잠 못이룬 밤
그때의 정경이 훈훈한 온돌방 아랫목으로 젖어있다

부엉이 아직 잠이 들 깨 울음소리 들리지 않고
사찰 처마 끝에 풍경 소리마저
계곡 따라 흘러 아랫마을 중생들의 시장기 채우고 갔다
방사된 반달곰 바위 틈에 숨겨 생명 키우고
포근하게 덮어 묵묵해지는 울창한 버팀의 덕목

느닷없이 밤중에 범종이 울린다 성불타종이 아니고
눈 덮인 언덕 뛰쳐나간 고라니 한 마리 찾는 산의 소리다
아랫마을 어느 집 고라니 찾았다는 소식
산속은 다시 잔잔한 깊은 잠에 들어버리고
숲속은 무슨 일이 있었느냐 정적만 흘렀다

소나무 이파리 끝에 이슬방울 매달릴 때
겨울밤은 길었고 물은 맑아 있었다

남의 눈물

몸에서 잊어버린 정의 씨앗 뭉게구름 일어
울음 터져 가슴 저리는 슬픔

옹이 빠진 나무등걸 액진 흐르듯
꽃잎 진 자리마다 슬픈 사연 깔리듯
계량할 수 없는 덩어리로 안고 산다
나의 슬픔은 밖으로 토하고
남의 눈물 밟고 서는 싸늘한 눈빛
세월의 굴레에서 내 눈물 되어 돌아온다

젊은 자식 잃고 수골실(收骨室) 화장로에 실려나온
재로 된 뼛조각 앞에 통곡하는 어머니의 눈물
식어버린 빈 그릇 긁는 홀할아버지 고독한 눈물
단순한 염분과 물로만 표기되는 화학적 반응 외에
감정의 정서 어떻게 달라지는지
시인만은 알 것 같다

영화관에 갈 때마다 눈물 흘린다는
어떤 지도자 누구를 위한 슬픔인가
문화 정책 수단의 하나일 뿐인가

안창 발 끝에 지는 타인의 슬픔
먼저 손 내밀어 위로한 적 있나
스스로에게 묻고 있다

바닥이 보인다

가뭄에 갈라진 논두렁
풀 한 포기 자라지 못한다
사람의 마음속 들여다 보면
그 바닥 얽히고 흩어져 험난하다

가난한 나뭇가지 뿌리채 뽑혀도 부끄럼 없다
사람은 밑바닥 드러낼까
온갖 풍월을 다한다
원초적 본능 감추려고 아닌 척 모른 척
점잖은 척 번듯한 넥타이 매고 있다

바닥의 그림자 꿈속에 잠이 들어
근원적 양심의 찌꺼기
위장된 포장으로 어물쩍 넘겨버리고
속마음 가두고 사랑 같은 겉의 얼굴 내밀어
방황하는 삶의 이중성 똑같다

내가 그렇고 네가 그렇고 그도 그렇다

삶이 별것이라 손발 부르트며 꿈처럼 살다가

별것이 아니라는 충격 올 때
묘비에 쓰인 비문 눈에 들어와

흰 머리에 젖은 물방울 말릴 시간이 없다

각본 위에 산다

색색의 그림으로 사는 세상
굽이굽이 곬을 넘는 으슥한 저녁
골목 안 바느질 점포에 TV드라마 보고 웃고 우는 부부
누구의 각본인지 알 바 아니고 무대 위의 사람만 본다
우주의 질서 속에 사는 중생
어느 무대에 어떻게 춤을 추는지 알 수 없는 답을 찾는다

겨울산은 모든 것 품에 안고 너그러운 햇빛 받아
봄을 틔우고, 바다는 소용돌이 파도로
슬픔 쏟아낸다
우주는 자연을 키우고 사람은 울 안의 곱사리로 산다

푸르름 긴 줄 알고 으쓱대다 해결음 빠름 알게 되고
집을 떠난 나그네 모자 안 쓴 머리 왜 휑한지
그걸 모르고 바람 따라 길 따라 헤매다
끝내 가슴속에 주저앉는다
함정에 빠져 격한 슬픔 있어도 아는 이 없고
풍랑 휘몰아쳐 고립된 선장 마지막 절규 누구를 부르는가

어차피 우주의 질서 벗어나 산 적 없는

각본 위의 사람들

삶에는 연습이 없어 저무는 해는 돌아오지 않고
오싹하게 흘러간 세월의 뒤편
구름 낀 밤하늘 붉어
다른 세상 가는 꽃길만 환하다

상상의 깊이와 넓이

벽장 속 갇혀살다 나온 올챙이 시인과
들로 산으로 헤매며 서고에 묻혀
책장 넘기며 밤을 토하고
세월의 고통 넘어 아름다운 영혼 가진
원로 시인의 사유, 깊이와 넓이는 엄청난 거리가 있다

작은 마당만 빙빙 돌다
어느날 산 정상에 올라 내려다 본 세상
빛과 그림자 눈에 들어올 때 전율 같은 환희 느꼈다

하찮은 10원짜리 동전에서 다보탑과 석존을 읽어내고
구르는 솔방울 하나에서 생명의 원천을 읊는
시인의 안목

우물 안에 보이는 하늘만 노래하고
자연이 주는 심오한 정수 몰라 외경만 보는데
현세뿐 아니라 내세의 정신까지 통찰의 힘 뻗고
무의식 한계 넘어 무아까지 이르는 시의 세계

어떻게 다가갈 수 있는지 길을 묻는데

이제 쉬어가라는 정자나무 하나 왈칵 서 있어
쭉쟁이로 마른 시간
천박한 외투 한 장 걸치고 있다

그곳에 가면

그곳에 가려면 짧은 삼베 잠뱅이 걸친
코흘리개 시절 먼저 와 있다

전주에서 60회 잔자갈 깔린 신작로 따라
걷다 보면 어쩌다 지나는
목탄 태워 연료로 굴러가는 화물트럭
너무 신기해서 뒤를 쫓다 숨 차 엎어져 버리고

마을 어귀 들어서면 몇 아름드리인지 모를
산등성이처럼 우뚝 선 팽정자나무
그 밑에 그늘폭 넓어 영감님들 "장야" 하는 긴 목소리
여름 더위가 식어간다

골목엔 뉘 집인지 사립문에 걸쳐진
영문 모를 새끼 금줄 마른 고추 숯덩이 달고
방 안에 아기 우는 소리 골목 안 햇빛이 따스했다
초가 지붕 위 서리 맞아 축 처진 호박잎
달덩이 같은 노란 호박덩어리 끌어안아 가을 저무는 소리

마당 앞에 서면 행주치마에 손 닦으며
부엌문 나서는 앞니 빠진 어머니 얼굴
환영이 자꾸만 살아난다

윤복선

시란 어떤 이는 가장 아픈 것을 노래하는 것이다 말하고
또 어떤 이는 우리의 삶 속에서 보이지 않는 것 즉
사랑 신뢰 정의 용서 등을 얘기하는 것이라 했다
나는 기도라 생각한다
오늘도 누군가와 같이 느끼고 공유하는 그 이상의 기도
그 능력을 작지만 날마다 날마다 키우고 싶다

갈대 | 남해에 가면 | 바람 | 별처럼 | 보리암 | 봄이 오는 길목은
사공의 일생 | 산다는 것은 | 산책길에서 | 솔새 둥지

P R O F I L E

충남 부여 출생. 계간 『문파』 시 부문 신인상 등단. 창시문학회 회원.

갈대

흔들린다
바람이 가르는 길 따라 혼잣말처럼 수런대는 말들이
줄행랑을 치듯 빠져나간다
가슴이 가슴으로 부비는 몸짓은
휘어졌다가 넘어질 듯 꺾인 허리를 곧추세우고
풀어진 단추를 여민다
밤새 과녁 없이 쏘았던 화살이
어디쯤에서 멈추었는지
알고 싶지 않다
일 년을 기다려 열흘만 반짝이는
반딧불을 찾아 흔들리고
수변에 핀 연꽃 향기에 흔들리고, 흔들리고
비밀은 뿌리에 있었다
진흙 속에서 얼마나 길고 질긴지
태풍이 불어도 뽑히지 않을 자신감
그래서 언제나 흔들릴 수 있었다

남해에 가면

다랭이 밭이 풀어놓은 치맛자락처럼 펼쳐진다
얼었던 땅에서 민초처럼 일어났던 민들레는
어느새 민머리가 되어 봄 빛 쬐고 있다
마중나온 유채는 바람이 주는 만큼만
흔들리다가 서두르지 않고 가만가만
바다에 빠진다
돌아서면 해풍으로 자란 로즈마리 허브가
세월을 비켜가지 못하고 나무 등걸로 휘어져
지나는 길손의 발목을 화들짝 붙잡고 서로 놀라워
가슴에서는 서걱대는 소리를 낸다
벼랑 끝 바다는
떨어지는 하늘
떨어지는 햇살
떨어지는 꽃잎
떨어지는 일몰
떨어지는 나
모두 토닥토닥
이다

바람

생명의 재잘거림 가득한 골짜기를 지나
대나무 숲을 흔들어 사납게 울다가
가슴으로 불어오면 봄비가 된단다
앞서가는 사람의 운명처럼
먼저 길을 나서는 구도자
어두운 밤 산사의 수행자를 깨우고
숲은 고단함을 쉬어가라 붙잡다가
제 먼저 잠이 든단다
긴 밤을 지나서 쉴 새 없이 달리다가
내게로 와서 멈추면
흔들리다
흔들리다가
마음이 고요해지면 떠나간단다

별처럼

어린 시절
비가 그치고 햇빛에 무지개가 떴을 때
한쪽 끝은 꿈을 꾸는 동심에 있었다
초등학교 저학년 때 무지개의 과학적 원리를 처음 알았던 날
하루 종일 까닭 없이 허전했다
알고 싶지 않은 비밀을 알아버린 것처럼
소중한 것을 잃어버린 것처럼
저녁이 되면
밤 하늘 총총히 박혀 폭죽처럼 쏟아질 듯 깜박이며
웃어 주던 *
슬픔이 뭐냐고 물어보면 기쁨을 잃어버린 것이라고 말하고
숨어버렸다
지금 이 순간
시간을 잃어가는 우리는
기억을 잃어가는 우리는
예기치 못한 곳에서 슬픔이 터져도
홀로 반짝여서 이름을 갖는 너처럼
우리는

보리암

세상 소음 다 버리고
자연의 소리만 따라 오르는 길
먼 산은 봄 햇살 품에 안고 꿈꾼다
울 일 있으면 웃을 일도 생기는 것이
인생이라고 가르치는 너는 그 흔한
풍경 하나도 달지 않았다
상춘객으로 발 디딜 틈 없어서
더 외로워 보이는 너 그래도
뒤안에서는 자고 나면 돗나물 오른다
물 한 모금 못 얻어먹었어도
바닥에 바짝 엎드린 들꽃
누군가에도 긴 밤이 있었겠지요
향기가 전하는 말 뒤로하고
준비 없이 흐르는 눈물 보태져
바다는 소리 내지 못하고 굽이친다
오늘도 쇠제비갈매기 날아오르는
바다만 바라보는 네 생각 알지 못하고
돌아선다

봄이 오는 길목은

저녁 노을이 아름다운 날
차 한 잔이 누군가를 기다리고 있다
액자에서 튀어나온 노란 민들레 작은 돌담에 기대 서 있고
화살나무와 흰말채나무 사이
솔새가 봄맞이로 바쁘다
노을 속에는 먼 길을 밤새 걸어온 매화
부드러운 눈빛 땅으로 앉고
실크로드의 보부상이 골목길에 보따리를 펼치면
갖은 장신구에 매달려온 봄꽃
지갑을 열었다
동그라미가 나비처럼 살포시 일더니
파노라마처럼 빠져나간다
대신 지갑에는
봄꽃으로 가득찼다
차 향이 싱그럽다

사공의 일생

그림자 늘어진 오후가 지나
고단한 밤이 오면
쏟아지는 별은
사공의 꿈을 안고
강물로 떨어졌다
춤추던 물결도 잠이 들고
하루 종일 물살 가르던
떼배 한 척
어둠 속에서 저 혼자 앓는 소리가
사공의 귓전에 맴돈다

강 머리에 자동차가 달린다

삐그덕대는
사공의 남은 시간이
통장의 잔고처럼 빠져나간다
지키고 싶었던 만고풍상은
강물에 흐르는 전설이 되었다

산다는 것은

하얀 눈 쌓이는 어느 겨울날
자작나무껍질에 그림을 그린다면
검독수리 활강하며 사냥하는 그림을 그릴 거야
깊은 밤 바람이 칼날이 되어 살갗을 에일 때
야생의 푸른 눈 번득이며
끝없는 욕망으로 가득 차서 사냥감을 낚아채는 그런 그림을 그
릴 거야
아들이 아버지로 변하는 시간이 흘러도
생존을 위한 쉼 없는 전장
홀로 포효하는 외로운 순례자가 되어서
혹은 방향을 잃었다 해도
끝없이 매일 밤 꿈을 꿀 거야
그래야 가슴이 뛸 것 같아서

산책길에서

수련이 꽃등을 켰다
알아줘도 그만 몰라줘도 그만인 세상살이에
미안하게도 수변 길을 따라온다
호수에 떨어지는 빗방울 동그라미가
점점 빨라지는 오후 6시
우산이 없다
저무는 하루를 쉬어라도 가려는지
비행을 멈춘 잠자리 한 마리
연꽃 위에 날개를 기대어 본다
바람은 벽을 찾아 길을 가다가
꽃잎에 멈춰서고
빗속에 숨은 태양은 점점이 흩어져
소리 없이 발 아래 쌓인다
이 시간을 과거로 만들고 싶지 않은 것도 욕심이겠지
오늘 밤새 오후 6시에 서성인다
빗방울이고 싶어서
연꽃이고 싶어서

솔새 둥지

화살나무 y자 가지 사이
주먹만 한 솔새 빈 집에
하얀 낮달이 잠들어 있다
계곡 물 따라 꽃잎이 떨어지면
그 소리에 잠 깨어
곱게 갈아 내리고 싶은 따뜻함으로
으름난초 붉노란 상사화
온 천지에 주고 가려는지
산 까치가 울어도
바람이 깨워도
내가 훔쳐보고 있어도….

이종선

가슴에 쌓인 흔적

올올이 주워모아

아름다운 언어들로

살아있는 시를 쓰고 싶어

어둠의 늪을 더듬어 본다

가을날 | 갈대숲에서 | 첫 선 | 겨우살이 | 긴 이별의 여정 | 불곡산에 내리는 비

친구 | 초원의 불꽃 | 호수는 나를 품는데 | 흑백사진

P R O F I L E

충남 천안 출생. 계간 『문파』 시 부문 신인상 당선 등단. 문파문학 회원, 창시문학 회원.

가을날

굴뚝 안개 꽃피는 뒤뜰엔
하루살이도 힘들다며 외면하거나
슬피 우는 귀뚜라미도 서글퍼
별을 쫓는 나방의 날개만 바라본다

가까운 듯 아득한 길모퉁이
그대 선연한 눈빛 흐르는 카페에서
몇 가닥의 애련한 기타 선율에 실려
한 걸음 물러서면 가볍게 다가오고
다가서면 무겁게 돌아서는 아픔 보았네

서로가 쳐놓은 그물 안에 갇혀
한 치도 비켜서지 못하는 초원의 눈빛
붉게 익어가는 심연의 깊은 밤
파삭파삭 부서지는 그대의 아픈 소리

가을날 미루나무 그늘에 앉아
당신의 무성했던 숲의 소리에 젖어
심장 깊숙이 숨겨놓은 영혼을
뜨거운 가슴으로 만져보고 싶은데

갈대숲에서

어둠이 내려앉기 전에
쪽달이어도 길을 밝혀야 하는데
낙엽 쌓인 스산한 산 뜰에서
오지 않는 이를 기다리는 것은
인연의 약속을 지키려는 것
슬픈 별들이 쏟아져 내리는 파란 밤
세월의 늪에 시간이 흘러도
그대만 기다리는 애증의 갈등은
희뿌연 안개 속에 갇혀
오가지도 못하는 것은 아닐는지
먼 곳을 바라보아도
검푸른 슬픔만 쌓여 있는데
바람은 불어 시려운데
서어나무 이파리 서걱서걱 울어대는
낙엽 지는 경계에서
그대 붉은 가슴 풀어 길을 찾는
영원의 그 눈동자
푸석하게 미소 짓는 그 얼굴만 보여
기약도 없는 사랑
어디로 발을 들고 가야 할까
망설임 없는 기다림 속에서
무언가 꿈틀거리는 것은

첫 선

아련한 다방에서
창가에 나란히 커피잔 마주하고
첫눈 맞으며
손은 잡지 않았어도
눈빛으로 가슴으로
그대의 깊은 곳을 스캔하며
붉은 색일까 푸른 색일까
따듯하고 포근한지를 편집하다
풋풋한 숲속에서 길을 잃어
가야 할 곳을 찾아보지만
새장 속에 갇힌 새들은 고운 것 같아
인연의 실낱같은 꿈을 안고 싶은데
숙명처럼 다가오는 슬픈 것들은
아픈 이별의 손짓만 하려는지
밤은 깊은데
별처럼 초롱초롱한 그 눈빛
뜨겁게 그 눈썹에 매달려도
흥미로운 감흥 붙잡지 못하고
공허한 날갯짓에 한숨소리는
아마도
사랑을 손끝으로 삭이려던
아픔을 토하는 파열음은 아닐는지

겨우살이

낙엽 떨어지는 가을이면
산토끼 땅굴엔 눅눅하고 퀴퀴한데
햇빛은 시리고 어두워 으스스하다

겨우살이를 위해 앞발로 먼지를 털고
주둥이로 핥거나 발로 문지르며
청소를 하다 흙먼지로 뒤범벅이 된다

바닥을 쓸다 빗자루를 땅바닥에 팽개치고
지겨워 힘들어 하며 소리를 지르다 말고
겨울은 어쩔 수 없이 맞을 수밖에 없어

한참을 끔벅거리며 생각하던 그대
외투도 걸치지 않고 집밖으로 뛰쳐나가
자갈 깔린 신작로길 앞에 멈춰 산을 바라본다

햇살은 외롭고 스산한 산들바람 불어도
살아 있음에 기쁘고 당신이 있어
힘들어도 포근한 겨울을 즐길 수 있어 좋다

나뭇잎 지저귀는 캐럴 같은 바람소리

너무 좋아서 두발로 팔짝팔짝 뛰면서
초원을 달려 아늑한 산울타리 밑에서
우리는 행복한 입맞춤을 한다

긴 이별의 여정

해는 산등성이를 넘어
어둠이 내려앉은 회색도시엔
가로등 불빛도 희미한데

서릿바람에 흰 눈은
제 몸 가누지 못하고
허공을 떠도는 날 밤

까만 전화 벨소리도 거칠게
심장 찌르며 소리를 지른다
간호사의 떨리는 다급한 음성

병원 603호실
거기엔 우리 엄마가 혼자 누워
아들을 찾는 혼돈의 경계

아내와 눈바람 헤집고 달려가
위생복 갈아입고 찾은 중환자실엔
산소 호흡기에 느리고 가는 숨소리

그 눈길 서글프고 아픈데

아가야 미안하다
며느리 손잡고 눈 감으신

홀로 돌아오신 길
홀로 긴 세월 육남매를
홀로 보내드려야 하는
홀로 가셔야만 하는 우리 어머니

불곡산에 내리는 비

가을다운 자연 속에
오색 단풍도 아름다운 계곡으로
은사 빛 햇살 쏟아지는 산을 찾는다

나뭇잎 흔들리고 바람은 돌아가는
아늑한 산세 저만큼 하얀 그녀
헉헉대며 따라오는 그를 재촉한다

오르다 지쳐 길섶 바윗돌에 앉은
그대 입가엔 뿌연 안개만 자욱한데
서운한 듯 입술 다짐을 한다

너도 나처럼 언젠가는
연약함 속의 강인함으로 산을 울려
비에 젖은 너의 모습을 보고 말거야

새소리 바람소리 앙칼진 숨소리
배낭에 짊어지고 지팡이 더듬어
잠든 낙엽 밟으며 영혼을 다스린다

가을 등산 누리 길의 탱탱한 긴장감

오른 자들만의 가슴 벅찬 그 환희
정상에서 바라보는 아득한 그 눈빛

천년 세월 겹겹이 서린 암벽에 앉아
역겹도록 돌아선 그대 땀방울 훔쳐도
기약 없는 시간의 자락에 내리는 눈물 비

친구

세월의 늪지에서
시간의 호흡에 흘러가는 발걸음
다문다문하다

이별은 그리 익숙한 듯
초점 잃은 눈빛 속에 울고 웃으며
낙엽 지는 서릿바람이 살갖을 벤다

차가운 소주잔 비우던 우리
돌아보면 기억은 까만데
하나둘
안갯속에 스러져간 영혼
파란 슬픔을 지우며 새기고 있다

보이지 않는 비릿한 선 넘나들며

달빛에 떠가는 자와
바라보는 자의 그 허연 자락 두렵다
친구야
살아있음에 행복해야 할 순간의 고통
쓰리고 아픔을 너는 아는지

해는 서녘 산등에 누워있는데
도시의 건물은 긴 그림자만 남기고
살아있는 거리에는
자동차의 굉음소리에 놀란 새들이
쉴 곳을 찾아 비상하며
붉은 하늘만 떠돌고 있다

초원의 불꽃

은빛 물결 찰싹거리며
바윗돌 때리는 새벽이면
치마폭에 마음 응석부리고 싶어

달그림자 어깨 위에 날개 접고
호수에 누워 가슴 채우며
푸른 비늘 물살 가르는 기러기

돌돌 흐르는 날들의 불꽃 사랑
시간의 사이마다 기다림은 아련히
뒤뚱거리는 따스한 그 손길

붉은빛으로 익어가는 가을에
심연의 옷자락 끌리는 소리
함박웃음소리 가득 차던 날

바람이 휘젓고 간 모래밭에
서린 눈물 자국 가슴에 안고
그대 생각의 늪에서 묵상을 한다

호수는 나를 품는데

나른한 봄날을 밟고 넘어 성큼 다가선 초록의 물빛 위에
햇살 따가운 호숫가 물머리엔 오리가족 옹기종기 숨 고른다

바람이 산을 흔들어 호수를 품으려는데
놀란 어미 오리 소리 지르며 발을 굴러 물속으로 뛰어들면
노랑 부리 아기들 엄마 따라 머리를 처박았다 꽁지 치켜들고
발 갈퀴로 노 저어 물질하며 아빠의 눈살핌에 여름을 쪼아대는데

우수에 젖은 이름 모를 풀꽃들 물빛에 흔들리는 호숫가의 만찬에
황홀한 노을 속삭이며 외로운 듯 내 그림자 따라오는데
바람 소리 새소리 매미 소리 마음은 환희와 슬픔으로 뒤엉켜
어둠 속의 영험한 그 사람 내 안의 생각 지우고 미소를 심어놓고

물살 위에 새겨진 날 선 길 걸으며 때로는 갈대 줄기에 귀를 대고
바람의 속삭임 들으며 그대의 짜릿한 손끝을 잡아본다

흑백사진

오랜 세월 가둬두었던
그 문을 열었을 때
눈은 부시고
바람은 시렸을 텐데

어린아이처럼
보채거나 투정부리지 않고
어둡고 음습한 앨범 속에 갇혀
시공에 멈춰버린 호숫가의 작은 새

기억의 물그림자 저편에 앉아
누렇게 숙성된 그 얼굴에
살아있는 영혼의 눈동자는
나를 바라보고 있는데

즐겁고 힘들었을 꿈 같은 날들의
질긴 사연 가슴으로 안고
역동적인 감성의 순간에도
너를 잊은 적이 없는데

구름 속의 산새는 뒤뜰에 숨어

까맣게 잊어버리고 스쳐간 잔상들
별빛처럼 흐르는 풍광을 묵상하며
지금이라는 시간을 비우고 지운다

벽시계 위에 LP판처럼
기차 바퀴는 굴러가는데
기적소리는 산야를 흔들어
낙엽 지는 그날의 흑백사진 애롯이
그대 얼굴만 손끝으로 만져보고 있다

박진호

산다는 길 위에서 만난 정체성의 표현

그로테스크 | 기도 | 기연 | 길 | 녹슨 못 | 먹태와 청하 | 무엇일까 | 세월
숨은 상징의 하루 | 어둠을 만날 때

P R O F I L E

서울 명륜동 출생. 계간 『문파』 시 부문 신인상 당선 등단. 문파문인협회 회원. 한국문인협회 회원. 한국문인협회
성남지부 회원. 동국문학회원. 한국가톨릭문인회 간사. 국제펜클럽 한국본부 회원.

그로테스크

우물에 종이를 적셔 생긴 얼룩
불장난이 남긴
마음의 흔들림이었다

그리스 로마 신전의 신탁
12지신 하루의 발걸음은 굿
그 간절함은 그림자였다

길을 걸으며 받은 선물은 감정
겉옷을 태워 얻은
그을음에서 느끼는 추억이랄까

기도

늘 열심히 살아도 모르는 모습의 나
아는 진리는 경계선 모르는 오답
이용하고 이용당하는 먹이 사슬 속
머리를 따르던 결과 후회만 느낄 뿐
마음으로 물러설 수 없는 링 안에서
비켜서서 허공만 물어뜯습니다
나 아닌 우린 서로의 피해자라고
우기고 도망치고 싶지만
도망갈 구멍 없는 질그릇 안이었습니다
우리가 우리를 아는 진실도 거짓의 파편
내가 나에게서 도망하기를 시도했습니다
그 탈출구가 명상 또는 기도라 하네요
그 기도는 효과가 있는 것 같아
이불 속에 머리 박고 마음 속 이야기를 하는데
지나가던 개가 듣고 짖으니 해명할 필요가 없더군요
왜 나를 축복할 시간이 없나요
왜 언제나 선 밖으로 밀려나나요
늘 그렇게 그 자리에서 놀고 있지요

기연 奇緣

꽃술에 나비 찾듯
해안가 바위의 아늑함은
용궁에서 올라온 연꽃일까

올해도 8월의 매미 소리 따라
떠나는 피서
새로운 인연 위해

미지의 세계
마도로스의 바람처럼
여름의 신기루 찾는다

길

하나의 정해진 길을 가기 위한
또 다른 갓길이 있음을
하루하루 걸으며 체험할 때
하나가 일이 아니었음을 알았다

단순하고, 없는 마음으로, 지속적으로
한 길을 꾸준히 걸을 때
한 걸음이 한 순간이었음을
눈물로 알 때가 있다

왜 한 걸음에 만족 못해 두 걸음을 욕심냈을까
이 길만이 살 길임을 알 때도
방황하는 순간의 속성은
마음이 깨달아야 하는 결정적 순간

길이 한 군데로 나 있어도
마음이 찾는 결정적 순간은
미래로 길을 내고 있음에
집중하는 아픔이다

녹슨 못

녹슨 못 하나하나 펴서 박는 목공의 손놀림
새 못보다 녹슨 못이 좋다는 듯
모아 놓은 공구함의 녹슨 못들
세월의 흐름 속에 생기는 녹
물 먹은 존재로서의 녹
나무와 나무를 잡고 놓아주지 않는 힘이 녹인가

녹슨 못 하나 찍어 놓은 흑백사진
삶의 여정을 잘 소화한 인간의 모습이다
성한 곳 없이 부식된 못 하나에서 느끼는 카리스마
신의 은총이 내린 인간의 성숙함
녹슨 못

먹태와 청하

여름휴가 끝의 칠석날
오작교의 만남 후
까치와 까마귀가 힘들어
먹태가 되었다는 농과
은하수 눈물을 담은
청하라는 설 속에
반상의 상이 되었다는데

기쁨과 슬픔이 어우르는
깊은 마음의 그리움 퍼올려
옥황상제의 노를 풀려
올리는 상차림이다

무엇일까

평안하지요 말 뒤의 서늘함인가
물 위의 오리 정지 동작이어도
물 아래 오리발은 죽을 맛인데

슬며시 오고 가는 힘겨루기는
사실이어도 그림자 같은
치고 빠지는 말 못 할 사연

기뻐도 슬퍼도 멍해도
그 바람 같은 마법에 홀려
한 세월 흘려보내는

한 생에 세 번은 깨달아야 하는
숙제처럼 이고 지고
숨 막히는 깔딱 고개 넘는

세월

지나가는 시간에도
지문처럼 의미가 묻어 있다

기계처럼 사는 것도
소용돌이치는 시각의 좌표 위에
부표처럼 떠 있기에 느끼는 공허함이다

순간의 맛을 보려 해도
호수 위 빗방울처럼
무심한 세상 앞에 퍼지는
허상의 동심원 위에 서 있다

숨은 상징의 하루

하루의 햇살엔 메시지가 있다
오늘 숨바꼭질 힌트가 적혀 있다

하루 의미가 주는 상징
기쁨 슬픔 평정심으로 읽어가며
사랑, 일
치열한 영혼의 방랑이다

정의할 수 없는 바람의 상흔
흔들리는 마음
자전적 소설
노을이다

느리지만 노력한 땀은 보물임을
햇살의 동선만 보고 있어도 느낄 수 있는 것

어둠을 만날 때

잠 못 이루는 어둔 밤
사막을 건너야 하는 순간이 올 때

흔적은 볼 수 없다
휩쓸려가는 어지러운 시간

별빛 따라 모래 언덕 넘는
갈증의 황량함

그럼에도
별빛을 품는 온정에 한 걸음씩 간다

김광석

사유할 수 있어서 좋고
창시 문인과 함께한 한 해
문인지 작품으로 남아 좋습니다

장미 | 재수 좋은 아이 | 코발트블루 아기 단감 | 칭기즈칸 | 고추잠자리 | 가을 광교호수
까치 | 4월 한때 | 안드로메다 건너간 소우주 | 나루에 사는 별

P R O F I L E

경북 칠곡 인동 출생. 계간『문파』시 부문 신인상 당선 등단. 문파문학 회원. 동나문학 회원. 창시문학 회원. 저서 :
시집『시공 없는 사유』, 공저『1초의 미학』외 다수. E-mail : dia21kim@hanmail.net

장미

오월이면
붉디붉은 장미
어김없이 피어난다

사랑의 꽃

지난겨울 심어져
한 추위
작은 숨으로 자라

사랑에 들면

가시에 찔려도
아픔 모르는
영혼의 동반자

내 사랑

재수 좋은 아이

초록 들판 지나 느린 강 고향
초승달처럼 붉은 진달래 뒷동산
오리(五里) 학교 길 그렇게 멀었던 학동

도회지로 나와 배우는 지식의 고통
작은 언덕 넘는 지혜 깨친 재주

어른 되어
옛 이야기 된 시간들 내게 달려온다

나는

아주 재수 좋은 아이

코발트블루 아기 단감

봄부터 샛노란
감꽃 열매
가지에서 떨어질세라
조심조심 걷는다

한더위 덥다지만
추위 이겨낸
엄마 생각하며
결실로 커나간다

가끔
비바람 못 견디고
떨어지는 친구
생각하면

더욱 겸허해진다

칭기즈칸

엷은 소나기 초원에 뿌리는 대자연
어느 사이 언덕에 무지개 생겨나고
이글 거리는 태양 내리쬐는 한더위
개미 한 마리 옛일 생각하게 한다

석기 시대 걷던 길 칸은 말 달려
대제국 이야기 사막에 겹겹이 묻고
우주 비행 시대 고적 탐사팀
8천만 년 전 공룡 찾아 나선다

지금 왕국에는 후예들 민속 공연
노래와 춤으로 칭기즈칸 불러내고
해는 동에서 떠 시간의 배 타고
서산 아래 내일이란 세계로 가는데

과한 의욕 회오리에 휘말리는
아픔 없는 작은 나무 심는다

고추잠자리

제주도 자연 휩쓸고
달려온 링링 태풍
목 백일홍 흔들어대면

연꽃 호수 아래
잠자던 유충 하나
아기 잠자리로 깨어난다

옛 석탄기 시절
나는 법 받은 유전자
들녘 해충 물리치고

시간이 사랑 깨치면
종 있는 본디 바탕
짝지어 나르는 연애

대자연 철학

가을 광교호수

휴일 아침

위아래 방죽이라 불렀음을
기억하는 사람 많지 않은

공원을 걷고 있었다

예전 물가 오솔길은
어반레비(urban levee) 도시화되어
젊은 꽃 피워내고

달콤한 시간 즐기는 연인들과
아이들 곤충채집 사이로
휠체어 태워져 누이가 밀고 있는

함께 걸었던 어머니 모습
먼 산 아래 호수 위에 비친다.

까치

만추(晚秋) 새벽
뜨락 당감나무

어미 한 쌍 앉는다

겨울 나려
가고 남은
자식 보듬어

따스한 나라
가자고
깍깍 짖는다

4월 한때

꽃노래
나지막이 퍼지는 동산

샛노란 병아리 떼 봄 소풍

불그스레 여린 진달래 군락 사이
시간의 길목 서성이는 할미꽃

여기 작은 철학 머무르는

4월 한때

안드로메다 건너간 소우주

은하 가운데
호모데우스 고향

찰나 빛 발하는 소우주
새로운 사실 밝혀낸다

소멸하며 먼지 되어
은하 중심으로 빨려 들어간단다

고향으로 가고 싶은
그 길을 넘는 지름길 생각에 가득차면

작은 깨달음마다 우주는 하나
보고 들을 수 없는 공허

나루에 사는 별

　한여름 밤 꿈 이야기 꽃 핀 동네 어귀 과수원 논 물보기 마친 아버지 애호박 풋고추 아침상 올릴 준비하고 읍내로 배움 나설 아이들 등교 준비 바쁜 엄마 이마 땀방울 달기만 하다
　별만 보고 걷는 아이 때로 넘어져 지치면 그늘 찾아 비움 기다리는 나룻배 바람 불어 심하게 흔들릴수록 별 크기 다르다

박하영

장의순

백미숙

전정숙

김용구

김문한

김건중

윤복선

이종선

박진호

김광석

창시문학 스물두 번째 작품집

수채화 연습

창시문학회 지음

수채화 연습